KB095333

노인은 아름다운 이름이다

노인은 아름다운 이름이다

지진태 시집

좋은땅

서문

Ⅰ.

같은 세월 지나온, 많은 사람 실은

시간 열차는 어느 역에 당도했다.

급한 시류에 정신 차리고 보니

어느덧, 노인역에 도착했다.

Ⅱ.

노인이 된 시간이 두리번거리며 찾아본다.

그 보물. 어디에 둔 것 같았는데,

어느 기억의 방에 두었는지 도무지 기억이 나질 않는다.

내면의 깊은 곳을 그동안 찾지 못하고

그저 사는 데 바빠서, 정신이 없었다.

Ⅲ.

우리, 원초적인 인식 공간에는

카오스, 혼돈의 의식을 벗어나기 위해서는

빛이 필요했다.

빠른 세월을 채찍질하며 속력을 더하는

첨단 과학, 입자와 파동 중첩의 양자물리학,

인공지능과 유전공학 등

카오스를 해체하려고

더 큰 카오스로 가고 있는가.

IV.

시류에 빨려 들어가는 시간을 건너와

이제, 그 카오스 숲을 나와

밖에서 숲을 바라보는 세월에 서 있는

아름다운 이름, 노인

V.

늦은 세월을 함께 가는 어르신들께

혹시, 아직 듣지 못한

그 빛의 근원 이야기,

칠순 지나 팔순 오는

그 다리 건너다

수십 년 묵은 시와 혹은 최근 시 일부를,

빛 담긴 작은 꽃다발을 묶어 전하려 합니다.

어두움을 이기고

기쁨으로 가는 우리이기를,

소망 담긴 작은 꽃다발을 전하려 합니다.

2023년 봄날 대청호에서

지진태

목차

1부

주신 시간 살아오며

소망의 아침에

비밀스런 커튼을 열어젖히며
누가 오늘,
이 아침을 열고 있는가

푸른 물에 씻긴 해가 떠오르면
신선한 눈길 모두어
우리,
환하게 웃는 얼굴로
여기에 서자

산머루, 개암이 익어 가던
전날 밤에도
계절을 건너오던 아픔에 젖던 우리,
적셔진 땀방울이
묻힌 숨결이
가슴마다 남아있는 흔적으로
연륜이 쌓이고,
파도처럼 흐르는 바람결에
씻기는 세월이여

산호초 싱그러운 바다

투명하게
빛나는 바람이 일고,
고난을 다스리는 창랑한 미소로
아픔의 자락을 털어 내며
그래도,
가슴에 출렁이는 푸른 바람으로
남았어라

이제, 환한 웃음 설레며
물살 지는 가슴에 차오르는
소망의 시원으로
석류 알처럼
빛나는
축복의 날이게 하소서

비로소 오케스트라 음률로 찬연히
빈 가슴 차오르는
영혼을 씻는
신비로운 빛으로
아침이 열리고 있는가

편지

시간을 씻어 내며
봄을 건져 올린다
향기가
뚝 뚝
떨어진다

꽃봉오리 피는 싱그러운
봄날 아침에
문득,
편지 한 장 써 본다
나에게

바쁘게 살다 세상 바다에
빠진 세월을
목련 꽃 피는 아침에
막 건져 올린다

흠뻑 적신 모습
끌어안고
볼 키스 반갑다

나목은 긴 엄동설한

건너와

꽃으로 피어난다

편지 한 장,

갓 건진 봄날 아침에

향기가

뚝 뚝

떨어진다

국도에서

갈 길 아득하고
낯선 시간
멈춰
서버린 차,

저만치
고갯길 보이는
외진 국도

깊은 밤
혼자,
굽은 국도는
어이없다

저 이가
누구더라?

길도 굽은 시절을
돌아 나온
거울은,
어디서 본 듯한

시간을

못 알아보며

저 이가

누구더라?

KTX

친구는 늦은 세월 만났습니다
친구야, 세월이
왜 이래 빠르노?

세월이 날개를 달았습니다
그 세월이
마차를 몰아갑니다
젊은 날 걷던 시간이
달리기 시작하더니
세월이 택시 갈아탑니다
어느 날
KTX 갈아타고
휙휙
지나갑니다

늦은 세월에
친구는
홍시처럼 익어가는
시간을 만나러
떠났습니다
아직도

돌아오지 못했습니다

바람 교차하는
빈 들녘에서
지나가는 KTX를
바라봅니다
많은 사람들이
어디론가
빠르게
가고 있습니다

친구,
우리도 KTX 타고
황금 시간
캐러 가자

금

시간을 기어오르다
침묵으로
금이 되었다
서로를 부축하지 못하던
시간의 벽을 더듬으며
그 시간
기어오르고
오르다가
금이 되었다

낯선 광야 돌아 나온
헤진 삼베 적삼 마냥
시린 계절들이
콩밭 지나
아득한 세월 저편,
빨간 고추처럼
널려있다

침묵하던 세월이
흐를 때,
푸른 하늘 한 번

쳐다보고

물 위에 떠내려 오는 꽃잎 하나
향기가 피어날 때
비로소,
심장이 멎은 채로
빛나는
금이 되었다

불을 지나와
금은
찬란하게 빛이 나듯이,
아픔을 지나온
향기
진하다

한 호흡

세월은 저만치 마차에 실려
훌쩍 지나간다

바람 위로 구름처럼
강물 위로 시간 비추며 지나가고
빛 받아 자란 들풀 향기
세월 폭포
호흡인 것을,

하늘로부터 빛이 둘러 비춘지라
일상은 엄청난 세월 폭포
호흡인 것을,
금쪽같은 빛의 순간인 것을

인생으로 태어나
오늘 살고 있는가,

구름 아래 인생 곁에 왔다 가는
기이한 시간,
피고 지는 꽃향기
잠시 머물 때

생명 지으신 창조주

한 호흡

불어넣으심이라

주신 시간

바람처럼 순간이 지나간다
주신 시간이
어쩌면
빛나는 향연인 것을

청룡열차 타고 가는 바쁜 날에
이 정거장에 잠시 쉬어 가렴
아이야, 뛰지 말고
잠시 쉬어 가렴

바람이 나무를 흔들며 지나가고
계절 빛이 세월을 관통할 때
수줍던 새색시는
험한 시간 넘어오다
손자의 할머니가 되고,
유성처럼 빠른 속도
종착역 향해 가고 있다

세월이 도착한 그곳은
시간이 정지한 곳,

시간을 내신 이가 일어서면
엄위한 시간,
웅장한 광채에 휩싸여
푸른 바람도 놀라 떠나가고
빛에, 시간이 잠잠하다

세월은 순간을 지나간다
주신 시간이
어쩌면
빛나는 향연인 것을

2부

그 계절 지나오다

이팝 꽃 필 때
그 계절에
태백산을 넘으면서
가을
창이 열렸습니다
가을에 문득
흰 꽃 이야기
빛의 소리 들을 때

이팝 꽃 필 때

꽃잎이 나무 위로 내리는 날은,
눈이 내리듯
빛에 씻긴 바람으로
꽃향기로
흐른다
구만리 하늘을 흘러와
광채나는 이야기가
오월
꽃향기로 불어와
흐른다

푸른 하늘빛 너머
인생을 지으시고
긍휼히 여겨
이팝 꽃 날리는
바람이
흐르고 있다

깊은 계곡 지나오며
그래도 웃자
매미처럼

훨훨 시간을 벗고
날아오르자,
철학의 시간도 넘어가는
그날에
우리는
광야를 지나온
인생이었다
빛을 향해 비틀거리면서도
그렇게 가야 한다

북극 툰드라 봄을 맞이하러
일만 이천 리 날아온
수백만 흰 기러기 떼가 오고
햇살이 환하게 웃으며
찾아왔다
구름 흐르듯
바람도 경계를 지나가고
자신 한번 내려놓으면
옛날이 지난 후엔
이만큼이나
화려한 계절이 봄바람에
펄럭이고 있다

노래하며 춤추듯

하얗게 꽃피는

그날은

눈이 펄펄 내리듯

세상의 아픔을

다 덮고도

남을

푸르도록 하얀 언어로

찬란한

시간의 향연이

흐른다

그 계절에

바람 한 줄기 지나갈 때
과일이 익었다

황금빛 햇살이 쏟아질 때
능금이 빨갛게 익었다

새벽이 고요하게 정지하고
별빛 쏟아져 내릴 때
하늘 언어
번쩍이며 흐른다

계절이 관통하는
한복판으로
바람 한 줄기 지나가며
과일이 익었다

우주의 언어가 빛나며
계절로 흐른다
눈부시다
시간이 번쩍이며 지나간다

태백산을 넘으면서

I

강을 다스리는 오랜 침묵으로
천 년을 누운 산
접어나며 묻어나며, 휘돌아
깊은 산을 지난다

II

깎아지른 절벽 산은
둘러 둘러 병풍이고,
약초가 자라던 계곡마다
줄기 줄기로 이은 물이
깊은 정 묻혀내고
이루어 생명의 강으로 충만하다

III

구름에 서린 운기 골마다 맺혀
신비한 산봉우리
가까이도 먼 곳인데,
속세를 모르던 나무
고목 되어 누웠다

IV

차창 밖에 비친 풍경
앞으로 가다 뒤로 가고
다시, 눈 아래로
자그마한 마을이 끝내
깊이 깊이 침잠한다

V

산맥으로 높이 높이
치달아 달리는 열차,
눈 아래 펼쳐지는 산맥이
깊은 골 끼고 서 있다

VI

저 아래로 굽은 산을 돌아
내리어 뻗는 열차 숨결,
멈추었다가 또다시
돌고 돌아서 하강한다

VII

발아래 산봉우리들이
다시 높아 치솟고
멀어지며 돌아 숨는
정기 어린 아아한 청산

VIII

취한 듯 휘둘러보면
구름 벗한 운기마다
천 년을 씻어내는
옥청수가 흐르고,
바람에 씻긴 나무숲은
하늘 향해 묻혀 있다

IX

숨어 간 천 년 전설에
열린 골 솟은 봉은
접혀 다시 먼 곳인데,
자꾸만 돌아 뵈는 정으로
이어 그 강이 흐른다

가을

산길 모퉁이에
턱 고이고
앉은
서늘한 햇살

속살로 스미는
보석처럼
반짝이는 바람

영혼을 씻어내며 자란
들꽃 사이
풀벌레 젖은 음성

그래도
한 바가지 고인
찬란한
아쉬움

창이 열렸습니다

시간을 향해
창이
열렸습니다

가을은 가을로 돌아오고
봄이면 봄날로
창문에
때때로 다가오는
아름다운 날입니다

문득, 계절이 돌아오면
물감 풀어놓은
파란 하늘이
창문으로
쏟아져 들어옵니다
덩달아 바람을 타고 온
진한 꽃향기
풀냄새에
시간이 벌떡
일어나 앉습니다

눈부신 햇살이 오가는

호수 물결 위로

꽃을 만드신 그 향기

반짝이는 호흡,

꽃보다 아름다운

은혜에

영혼이 즐거워합니다

낙엽 지는 소리

꽃 피는 소리

화폭에 가득 담습니다

징검다리 건너

그 계절이 돌아오면

시간을 향해

창이

열렸습니다

가을에 문득

홀연히 찾아온 다정한 가을빛
고향만큼 정겹고
사랑처럼 감미롭다

가을에는 문득,
빛바랜 사진첩을 꺼낸다
잊었던 시간이
정겨운 음성으로 돌아와
가슴을 안아준다

바람 소리 별빛도 잊고 살아온 날들
그날이 그렇게 먼 것도 아니련만
살아가다 소란하고 분주하고,
계절 실은
한 줄기 바람이 지나간다

가을에는 조용히 미소짓고 싶다
찌든 마음 고단한 여정
신선한 바람에 헹궈낸다

가을에는 문득,

진한 사랑을 느낀다

기쁜 기별로 돌아와

눈물보다 진한

청명한 계절 이야기가 있었기에

흰 꽃 이야기

봄날이 전설처럼 빛나는 날
하얀 바람은
그렇게 불어왔다

순결한 호흡 환한 미소로
잠시, 흰 꽃이 피고
못 다한 이야기로
훌쩍 온통 꽃잎은 낙화하고

푸른 빛 품은 하얀 이야기
싱그러운 봄날,
시린 듯 기쁘게
백목련 여운 흐르다
시간과 빛을 담아
다시 또 피어난다

오월이 오면
하얀 이야기가 출렁거린다
이른 시간 가로질러 와
꽃으로 휘날리며

이팝나무에 소복이 쌓였다

즐거운 기억을 타고

바람이 펄럭이며 흐른다

산길 돌아 나오다

마주친 그날,

하얀 이야기는 끝내

아카시아 진한 꽃향기로

전신을 휘감는다

오호, 청명수 계절 폭포수 맞고

아무 말도 못 한 채

그대로 서있다

시린 듯 기쁘던 하얀 이야기

이제사,

온몸으로

다 듣고 있다

빛의 소리 들을 때

계절 익어 가는
광야에서
하늘 내려온
벗은
시간 만난다

궁금한 날이 일찌감치 찾아오고
빠른 세월 노을이
다리 절며
낯선 계절이 떠내려갈 때
그 소리 들으려고
하늘에
귀를 댄다

푸른 나팔 소리 만나
하늘 열리고
오로라처럼 휘감기며 흐르는
늦은 날
그때라도,
듣기도 놀라운
명경 보듯 환한 소리 들어라

묶임에서 풀려나
춤을
추어라

기이한 빛 이야기
차마,
늦은 계절
귀 어두워지면
그날은,
바다로 간 강물이네요

계절이 가는 중에
태초를 지나온
영혼 씻기는
빛의 소리가 일어서면
거저,
잠잠히
들을 때라

3부

세월 건너 화해하고

껄껄껄
빨래 널기
그렇게도 귀한 날
화해, 목련 꽃 피는 강둑에서
아가, 우리 아가

껄껄껄

넓은 들판을 흐르는 바람
그 마음 보아라

비를 맞아도 그대로인
푸르런 바다
그 마음 보아라

광야 지나갈 때
웬만하면
껄껄 웃으며 가거라

때로는 비 오고 궂은날처럼
섭섭하고 저릿해도
인생광야 건너갈 때
들판에 흐르는 바람처럼
껄껄껄
웃으며 지나가거라

노우, 그건 안 돼,
다투는 상어 떼처럼 살지 마라
그런 다툼에는

얼씬도 하지 말아라

인생을 지으신 이가
껄껄껄
고단한 인생아,
그래, 너 여기 있었구나

빨래 널기

바람이 지나간 저만치
각기 다른 지문
다른 언어로 건너온 세월

시작은 우아하지만
때론 우리 허물도 많은 자라
건너온 그 세월,
내면을 들여다보면
다 떠내려가지 않은
상처의 흔적
차마, 입을 가리고 싶다

흐르는 옥청수에
씻어 내고 싶다

그 세월 가로질러 간 흔적을 씻어 낸다
큰소리로 노래 노래 불러 가며
콸콸 흐르는
푸르런 옥청수에
때 묻은 시간을 씻어 낸다

하늘처럼 푸르른

옥청수에

때 묻은 시간을

모두 모두 씻어 내리니

너털웃음 한 번 웃어가며

널어 말린다

훨훨 휘얼

털어 내며 널어 말린다

허허, 그래도 용서해야지

바람이 웃으며

깃발처럼 펄럭이고

그렇게도 귀한 날

용케도 굽이 돌아온 세월 위로
노을 바람이
지나가고 있어

우리는 장담할 수 없었다
할 말은, 놀라움 뿐이라서
거저 입 다물고 싶을 뿐이다

번개처럼 휘익 지나갔다
고속도로 전복 사고,
예약하지 않은 시간이
번개처럼 선명히
죽음은 기억을 타고 지나갔다

유서를 써 놓기도 전에
그날이 다가와,
엄청난 주제인가,
놀라서 황당해서
거저 입을 다물고 싶을 뿐이다

죽음이 아득히 멀리 있더냐,

세상은 소란하고
빈 하늘만
길게 흘러가나

인생 역을 지나다가
너무 장담하지 마라
병원 천장은
고난의 인생을 들여다본다

시간에 소유권 있었던가,
유서도 없이 갈 뻔했어

오늘이 그렇게도 귀한 날인 것을,
붉은 노을 지나
바람 불 때
허허, 한번 웃고 가세

화해, 목련 꽃 피는 강둑에서

찬란한 봄바람이 휘날리며
철썩철썩 돌아온다

고운 빛깔 한 아름 안고
눈부신 언어로
봄날은 파도처럼
설레며 휘감기며 돌아온다

금빛 햇살 짜릿한 날
봄바람 철썩이며 불어오는 날에
그래, 씻고 가자,
돌아온 봄바람에
환한 꽃향기에
가슴을 씻고 가자

소구루마 지나간 길 위로
전쟁이 지나간 시절,
신작로에 계절 바람 불 때
옛날이 저만치
그 땅에 서 있었나

그래, 화해하고 가자
저리도 붉은 노을 펄럭이는데
들꽃처럼 허연 웃음으로
한 번 끌어안고 가자

눈부시게 아름다운 언어로
봄날이 휘날리는
목련 꽃 피는 언덕에서,
갈증나던 그 세월
끌어안고 화해를 한다

푸른 하늘을 한 바가지 퍼서
벌컥벌컥 들이키면서,
꽃향기 봄바람에 씻어가며
목련 꽃 피는 강둑에서
환한 웃음으로
그 세월과 화해를 한다
기쁜 빛으로
봄 향기가 파도처럼 철썩철썩 흐른다

아가, 우리 아가

아가, 너는 여기에 왔다
엄마가 고통하던 그 강을 건너
너는 태어났단다

아가, 너가 어릴 그때
하늘다람쥐 날으고,
구만리 하늘에 흐르는
별빛 바람 소리에
너가 청년 되어

비 오고 무지개 뜨고
간혹은 설산 넘어
푸른 별빛 내려오고,
잘 장성해서
시류를 건너올 때는
번잡한 데 마음 두지 말고
혼돈한 곳에
발걸음 향하지 마라

잘 장성해서는
어릴 때 어리석은

생각은 버려라
좌우로 치우치지 말고
의로운 빛 보고
밝게 웃으며
활짝 웃으며 나오너라

그래, 사랑하며 살았구나,
금강을 돌아 나온 물굽이 지나오다
혹여, 힘든 시간이거든
아가, 마음을 씻고 나오너라

하늘에 황금 햇살이 비치면
옥청수에 목욕하고
아가, 세월을 널어 말리고
훨훨 털어내고 나오너라

새날에는, 꽃이 피는 날처럼
하늘이 전하는 음성으로
깊은 계절은
바람을 타고 흐른다

아가, 늘 당당하게 살아라
하지만 겸허하고
배려하며 살아라

세월을 내신 한 날이
가슴을 흐르며 지나갈 때
빛을 이야기하며
늘 인생을 감사하며 살아라

우리 아가,
그 시간은 한나절 소풍이란다
기뻐 즐거워하며
함께 춤을 추며 나오너라

4부

사랑으로

그냥 웃지요
어머니, 그 이름
거울, 세월을 만나다
분별이 미덕이라
마음을 지켜라
친구, 어서 돌아와
곧, 이제라
계절이 가는 중
황지 가는 길
사랑하며 살라 하네
한 번쯤
종소리처럼 만나라

그냥 웃지요

한 세월 가다 보니 그냥 웃지요
계절에 들꽃처럼
그냥 웃지요

한 세월 가다 보니 그냥 웃지요
바람 흘러 구름 흐르듯
무심한 듯 다정히
계절 흠뻑 젖은 들꽃처럼
그냥 웃지요

바람 같은 한 세월 어느새 지나
가슴 자락 흐르는 정겨운 담소
모닥불처럼 들꽃처럼
남아있네요

한 세월 가다 보니 그냥 웃지요
어쩌다 홍건하게 함께 갈 때에
그날에 우리 부부 되어
그냥 웃지요

어머니, 그 이름

어머니는 푸른 하늘에서 길어 온
이름이요
꽃향기 속에서 건져낸 이름이요
눈물 속에서 길어 올린 이름입니다

어머니가 계실 땐 그 이름이 그렇게
깊은 우물 속에서 퍼 올린
이름인 줄을 몰랐습니다

누군가 그랬습니다,
이 세상에 하나님 마음을
붉은 노을 창을 통해
어머니 그 이름을 보이셨다고

어머니가 가신, 그 후
노을에 바람 불 때
너무 늦은 세월에서야
그 깊은 이름을
눈물로 길어 올렸네요

거울, 세월을 만나다

아주 멀리서 찾아온
어느 날, 그렇게
그립던 시간을 만났다

순간 놀라서, 주위를 빙빙 돌며
잊어온 고향을 찾듯이
허기증을 달래며
조심스럽게 한 걸음씩 다가가다
서서 다시 보고

누가 찾아오게끔 했나
하나 아닌 둘이었구나
진짜가 웃고 있어
못내 놀라운 일이야

주름진 세월을 비친 거울은
확연히 알게 되었어,
분명히 둘이었다고
빛이 세월을 관통할 때
영을 통해 혼을 본거여
빛이 어둠을 밝게 비춘거라구

영의 평안 위해

혼은 어둠 멀리해야 해

더러운 것을

삼가야 해, 아무럼

일치를 이루며

진리 앞에서

거울, 큰 세월을 만나다

분별이 미덕이라

바다와 육지 경계 그은 날에
분별이 미덕이라,
방파제 넘어가는
파도는 무례한 것이라

홍수가 강둑 넘어가는 것은
분별 저버리고
파멸 만난 곳이라

어리석은 자처럼 가지 마라
악한 길과 강포에서
떠날 것이라,
선한 길에 떠나 완고한
흑암은 거짓된 세월이라

크게 떠드는 무리같이
허탄 세월 속으로
달리지 마라
미련 얽힌 어리석음은
진리 길을 떠난 것이라

아가,

너를 어두운 가운데서 불러내어

그의 기이한 빛에

들어가게 하실 때에

하나님의 인자하신 빛에 거해라

바다와 육지의 경세 그은 날에

마음에 교만을 벗고

분별이 미덕이라

마음을 지켜라

아가, 마음을 지켜라
마음 지키는 게
생명의 근원 됨이라

주제를 알고 분수 지키면
넘어짐이 없나니,
밝은 분별로
좌우로 치우치지 말며
진리가 아닌
허무를 주목하지 말라

낭패를 가까이하는 것은
분수를 버렸음이요,
혼미한 어리석음은
진리를 떠난 길에 있음이라

인생길은 때로 위대한 사건이요
장엄한 순간이라
우주 행성 웅장한
오케스트라
그 섭리 안에 있음이라

우리 아가, 마음을 지켜라

우주 행성을 운행하시고

불로 돌판에

계명을 새기신 이는

여호와 하나님이시라

친구, 어서 돌아와

친구, 너무 멀리 가지 마
어서 돌아와
해 지기 전에 돌아와

나그네 인생길 아득히 멀리 가서
늦은 노을 바람인데
아직도 못 오나,
한바탕 분주한 세상에 취해
바람도 입 다물지 못해
멀리서 휘어진
시간을 바라만 본다

입담에 세상이 떠내려가고
한바탕 그 단맛에 취해
탁한 급류에
허탄에 휩쓸려 떠내려가다가
아찔하다,
의식은 멀쩡한 나무에 걸렸다
시간이 떠내려갈 뻔했다

취한 날은 저고리 벗고

혼돈의 시간이 빠르다
입에 담기도 부끄러워,
친구, 너무 멀리 가지 마
어서 돌아와
해 지기 전에 돌아와

오는 길 까맣게 잊었나,
구겨진 시간 벗고
안개 젖은
시간 벗고 돌아와

양지바른 동네 어귀에서 기다린다
친구, 너무 멀리 가지 마
어여 돌아와
해 지기 전에 돌아와

곧, 이제라

언제냐 하니
곧, 이제라
대답하되 그러하다

번쩍이는 하늘 소리 들어라
언제냐 하니
곧, 이제라
대답하되 그러하다

빛 모르는 어두운 성에 갇혀
황토물 그 세월,
혼미하던 세월 벗고
떠내려가는
그날을 벗어라

흑암에 앉은 백성에게 큰 빛이 비치니,
사망의 땅과
그늘에 앉은 자들에게
빛이 비치었도다

번개가 하늘 아래 이쪽에서 번쩍이어

하늘 아래 저쪽까지
비침 같이,
사람의 영혼은
여호와의 등불이라
사람의 깊은 속을 살피느니라

갈 길 모르는 친구여,
화석 같은
고집을 벗어라

언제냐 하니
곧, 이제라
대답하되 그러하다

계절이 가는 중

노을 비치며 긴 강물 흐르고
계절 들꽃 아름다운 날에
화창한 웃음이 감사하고

허락만큼이 호흡이던 것을
인생길에 그 이름으로 다가와
거저 감사하고
가족으로
친구로 이웃으로

미처 다 이루지 못한 아쉬움은
어차피
어쩔 수 없는 거지요,
열어주시면 갈 수 있는 길이고
부지런히 살다 가는 거지요

내려놓고 더 내려놓아야
멀리 간답니다,
비워내고 더 비워내야
순리에 도달해 간답니다

누릴 것은 허락된 만큼이네요,
분에 넘치고 과한 것은
받는다 해도
어떻게 다 감당하겠나요,
별을 따준다 해도
누릴 만큼이 분깃이지요

계절이 저물기 전에
사랑하는 이에게
싱긋
한 번 웃어주세요
방금 높은 산을 올라와
포옹이라도 하듯
계절이 진하게 지나가고 있답니다

황지 가는 길

청령포 돌아가는
강줄기 지나
산자락이 내려앉은
철길 옆에는
눈부신 햇살 받으며
수수도, 참깨도
알이 차오르고

기차는 숨이 차며
산을 오르고
물이 검은
함백을, 사북을 흐르는 강
광부들의 한숨으로
널려져 있다

산을 뚫어 만든 길
사천오백 미터 터널을 지나
추전역이 있는
해발 팔백오십오 미터
저 아래 까마득한 곳에
그렇게 사람이 가고 있다

예전에는 황지라 불렀던

태백에서 예수원 가는 길은

세상 근심 내려놓아도

못내 좋았어라

콩밭, 배추밭 가운데 담도 없는 집

따로따로 떨어져 있어도

외롭지 않다

자연과 더불어

평화와 더불어

그렇게 살아가는 사람들

걸어서 산길을

굽이 들어서는 곳에

돌이며 들꽃 되어

길섶에 나와 있고,

한가로운 바람이 오가는 길목

힘겨워 짊어진 기도 보따리는

풀기도 전에 가벼워진다

산 중턱까지 크게 들리는

계곡 물소리

평화 속에 배어있는

약초 냄새 풀벌레 소리,

심심산골 달빛은 교교하고

하늘이 가까운 산 중턱

다락방 기도실,

밤하늘 이슬처럼 흐르는

깊은 영혼 황금 종소리

사랑하며 살라 하네

햇살이 환하게 두둥실 찾아온 날에
푸른 바람 춤을 추며 설레며 흐르고,
아카시아 진한 향기 온 산에 휘날릴 때

들꽃처럼 그렇게 웃으며 살라 하네
비 갠 날 햇빛처럼 잔잔한 미소 하나
사랑하며 그렇게 웃으며 살라 하네

우리는 지구 행성 이곳에, 먼 별에 왔소
문풍지 펄럭이듯 희끗희끗 머리카락
한 세월 살다 맘 아프게 가서야 되겠소

그 세월을 길게 한 곡조 부르며
구름인 양 세월도 흘려보내고
이제 그만 잊어가며 웃으며 살라 하네

들꽃처럼 환하게 웃으며 살라 하네
굽이쳐 돌아가는 그 물길 위로
구름 흐르듯 한 세월 지나갈 때
사랑하며 그렇게 웃으며 살라 하네

한 번쯤

아득한 세월
전설처럼 멀리 있던
어느 세월
그 계절에
친구들이 당도하고

계절 타고 온 투명한 시간
생경한 그 소식,
그 누가 전해주었나

세상 자랑도 어느덧 허탄하고
영화도 떠난 세월,
고단하던 자신을
한 번쯤,
허허 웃으며 끌어안아라

아하, 크게 깨우치는 세월 건너와
씻긴 그 바람 흘러오면
좋은 것을 선택하는 것은
큰 지혜라

어둠 벗고 빛을 입는 것은

생명으로 가는

참으로 큰 지혜라

아하, 크게 깨우치는 세월 건너와

고단하던 자신을

한 번쯤,

눈물 지나온

웃음으로 끌어안아라

종소리처럼 만나라

지평선 붉은 노을이
머 언 순환 세월 돌아와
침묵하며 잠잠하다

마차가 지나간
돌아갈 수 없는 시간에
강물처럼 들려오던 선 땅,

늦은 세월 귀도 멀어질 때
철학의 세월도 이미 넘어간
늦은 텅 빈 날
늦은 세월 잠잠한 날에

친구야, 그 음성 들거든
어릴 적 들었던 교회 종소리처럼
숨죽여
잠잠히 만나라

5부

노인은 아름다운 이름이다

노인은 아름다운 이름이다

노인은 아름다운 이름이다
그 긴 강을
건너온 이름이다

노인은 아름다운 이름이다
높은 산 넘어온
나이테 깊은 이름이다

구름 비치는 강 건너올 때
때로 역사가 출렁이고,
환호하는 세월도
시리고 아픈 세월도
큰 광야를 지나
세월 열차가 저만치 돌아갔다

노인은 아름다운 이름이다
신록의 산 돌아 나올 때
진한 아카시아 향기
젊은 날 사랑을 추억하는
아름다운 이름이다

노인은 아름다운 이름이다
푸른 강 뗏목 타고
추억의 강을 돌아 나올 때,
섭섭했던 시간을 햇볕에
널어 말리며
고마웠던 날들을 꼬옥
안아보는 주름진 이름이다

하늘 바람에 흠뻑 적셔진
노을처럼
잔잔히 흐르는
아름다운 이름이다

노인은 아름다운 이름이다 2

노인은 아름다운 이름이다
늦은 날을 가는
아름다운 이름이다

모르는 광야 지나서
높은 계절 넘어온
노인은 주름진 이름이다

기억 속의 아픈 세월 건너고
화해의 강도 성큼 건너와
따뜻한 마음으로 가는
노인은 아름다운 이름이다

지나온 좋은 세월을 추억하며
고마운 날을 기억하고
인생 향기가 고마워서
때로 감사한 여운이
길게 흐르는
노인은 아름다운 이름이다

남은 세월에 빛을 입고

어두움 홀홀 벗고

상쾌한 날을 가고 싶은

노인은 아름다운 이름이다

노인은 아름다운 이름이다 3

노인은 아름다운 이름이다
노을 진 세월에
서 있는
아름다운 이름이다

가파른 세월 넘어오느라
마음을 동여매고
자식 키우느라 손이 부르터도,
허허 웃으며
먼 길 온 이름이다

호젓하게 내린 정갈한 시간에
가끔씩
노을을 타고
먼 곳을 다녀오는 이름이다

그림자를 벗고
밝은 어느 날을 가는
쉬엄쉬엄
아름다운 이름이다

시간을 듣는다

갈대 흔들리는 소리에 노을이
유난히 붉다
늦은 시간이 크게 들린다

숲을 나와 숲을 바라보다가
신나는 언어에 흠뻑 젖어
그 계절이 희다

세상 논쟁도 부질없고
장담하던 세월도
이미 흘러가
차라리 빈 의자는 잠잠하다

멀어져 가는 귀를 대신하여
늦은 시간을 듣는다
아름다운 노래처럼
노을 타고 들려오는
저 너머 푸른
시간을 가슴으로 듣는다

그 노래를, 부르고 싶어

아득한 시간이 깊은 잠에서 깨어나
설렘으로 돌아온 바람은
물안개로 피어오른
강둑에서
들꽃 향기로 돋아난다

계절이 파도치며 돌아온
햇살 머문 자리에
아직도 그 설렘이
숲속을 흐르는
산새 소리처럼 남아있어

아지랑이 잡으러 가던
봄 강둑, 어린 시절
작은 들꽃 만지던 고사리손들은
아득히 세월 따라
어디론가 철새처럼 흩어져가고,
소식 모르던
세월을 돌아 나오다가
할아버지 할머니가 되어가지만

아직도, 그 계절이 돌아오는 날에는

그 옛날 노래를

부르고 싶어

잊었던 언어들이 가지마다

산새 날개 퍼덕이듯

꽃으로 피어나면,

찬란한 기억이 봄날에 펄럭이며

잊었던

그 노래를, 부르고 싶어

그 세월 건너

한 소년이 세월을 건너올 때
흘러간 흔적으로 돌다리 시간
배고프던 시절 건너오고

그 계절 정겨운 고향이 좋아
봄이면 뻐꾸기 산에서 울고
앞산 뒷산 철 따라 꽃들이 피고
아카시아 진한 향기도 가득했네요

애틋한 그 강을 건너올 때
마루 기둥에 달린 스피커 소리,
마을 길도 넓히고
초가집도 고치고

밤낮없이 불 밝히며 땀 흘리며
각종 공장 건설 현장에서,
농촌 부모님 위해
동생들 공부시키기 위해
엎어지고 넘어지는 세월을 건너
열정의 시간 뛰고 달려서
저기, 그곳에 도착했답니다

엄청난 역사를 듣던 귀는
이제 그만 멀어져 가고
많은 것 보던 눈도 침침해 올 때,
그래도, 세월이 고마운 거다

자녀들이 잘 살아가면
세월이 그저, 고마운 거다
주름진 세월을 비춰 주는
안방 거울처럼
그저, 고마운 거다

목선, 기억의 강을 건너

아득한 날 가고
구름이 세월을 넘어가던
어떤 날에
문득,
소식 없던 한 계절이
바뀐 주소를 물어물어
터벅터벅
홀연히 찾아왔다

들판을 가로질러 긴 강으로 떠나간
머루 익어 가던 날이
긴 항해로
목선에 실려 와
깨어난 기억 하나

낙타 등 같은 굽은 세월 지나
수많은 기억의 강 건너
목선을 타고 온
그 싱그러운 날이
아직도 오월 바람에 펄럭인다

푸른 빛나는 바람에 실려 돌아온

그 시간 끌어안고

언뜻 그리웠다

허, 생경스럽다

청 보리밭 너머 무지개처럼

푸른 기억이

머언 세월을 돌아 나와

물레방아처럼

출렁 출렁이며 흐른다

기억의 강을 건너

깊은 계절을

한 바퀴 돌아 나온 목선 하나

그곳으로 가는 버스

하늘 흐르는 황금빛 햇살이 가득하고
강 건너온 바람이 문풍지로 펄럭일 때
노인 세월 언어는
꽃 필 때처럼 시리고
황홀하다

세월 떠나보낸 연로한 호흡
잊고 살았던 푸른 시간이 둥둥 떠 있다
마음조차 외길에 서서
웃어도 찡한 세월이
둥둥 떠 있다

황혼 세월 하소연에
잠잠하던 시간이 홀연히 일어난다
황당하고 황당하다
언제 이렇게 이 나이를 먹었던고
청춘이 엊그제인데
벌써 팔순 노인 되었구나
험한 세월 지내 오다
그때가 어제 같네

절룩거리는 세월 당도하니

기억도 저만치 떠나가고

계절도 바람처럼 저 멀리 떠나가고,

황망하고 황망하다

여기가 어디인가,

때때로 동서남북이 아득하고

길 잃고 지팡이 짚고 선 자리

구름만 저만치 흘러가네

다정했던 우리도 보고 싶구나

바람 부는 날에 구름처럼

혼자서 저 멀리 기억을 탄다

아이 낳고 키워 내던

온기가 이토록 그립다

그 할머니는 세월이 멀리 지난

한 기억 모퉁이에 서서

그래도 빛나는 곳으로 인도하는

좋은 기별이 오려나

그곳으로 가는 버스를 기다린다

노부부의 두 손

젊은 날에 그처럼 궁금하던
그 먼 훗날이 훌쩍 다가와
하늘 바람에 익은 홍시 하나

설산 위로 새벽 별빛 내리며
마지막 세월은 빛나고,
노부부 늦은 세월은
같이 있어도 애틋하다

노부부는 모처럼 깔깔 껄껄 웃는다
맞아, 그때는 그랬지
아스라이 먼 기억의 강 건너가
청춘 푸른 날에
당도하면
손만 잡아도 싱그럽던 날들이
빛나며 쏟아져 나온다

청 보리밭에 산새 소리 실어온
푸른 바람 흐르고
부부 되어 향기 젖은 대화,
명랑한 별빛 타고 흐르던 날에

반짝이는 부끄러움

빛나는 비밀을 찬란하게 드러내며

귀한 사랑 어루만지는

그 젊은 날

싱그럽던 밤에,

깊고도 푸른 몸의 언어는

꽃피는 호흡에

하늘 바람 흐르고,

봄날의 파도에 놀라 희고 푸른 바람이 불면

빛바랜 사진은 그처럼 소중하고,

서로를 나누던 젊은 날의

빛나는 몸의 언어는

깊은 데서

퍼 올린

찬란한 추억으로 펄럭인다

귀가 울리고 눈도 침침한 날에

계절 따라 피고 지는 한 세월,

착한 그대 만나고

인생을 지으신

선한 하나님 만나고

노을처럼 마음이 깊어지면
빛나는
노년의 침묵이 흐른다
얼마 남지 않은 세월을 두고
잊었던 아름다운 언어
빛을 타고 펄럭이며 흐른다

여보, 그동안 고마웠소,
그 말을
대신해,
몸이 기억한 진한 그 사랑
서로를 더듬어 가던
그 깊은 언어로
두 손을 꼬옥 잡아 준다

6부

환한 빛을 향해 가는 길

마지막을 지나

1.
생경스러운
길에서
모르는 낯선 시간을 만난다

2.
전설처럼 깊고 푸른
먼 바다 속을
돌아 나와
모천을 향해
연어가
폭포를 뛰어넘어
그리운 본향으로
회귀하는
시간에..

3.
강물 흘러간 자리
지난날
끝자락에 있는
본향,

처음으로 돌아가다

홀연히

낯선 문 앞에

4.

구름 업고 지나간

바람은 흔적 없고

아스라이 추억 강은

지난 시간일 뿐

낯선 풍광들 시간으로

흰 눈으로 내려오고

꽃으로

피어나고,

가는 길

일러주었나

5.

방향 잃은 시간들이

몸살하며 지나간

어디쯤에

열심히도 뛰어가다

목이 쉬고

다른 시간으로

그 묵은 삶

홀홀 벗고 보면

인생은

바람이었나

6.

무지개가 황홀하게

피어나는

하늘의 소리

빛이 영혼을 지나가고,

묶임에서 풀려나

평안과 쉼을

만나라

하늘 한 음성 있어

빛이요

길이요

진리요

생명이라

7.

낯선 문 앞 처음 시간

빛을 만나라

마지막을

지나

죽음 넘어갈 때

그 이름

의지하고

영광으로 둘러싸인

위엄의 빛을

보라

8.

마음에 빛을 입어라

빛에 씻기어

빛을

입어라

우리는 마지막을 지나

처음으로

돌아가리

시간 정거장

시간이 정거장 지나
다른 정거장에
도착했다

이곳은 깜빡 정거장이다
시간의 단절,
가끔씩 잊어가는 곳이다,
커피를 마셨는지 전혀 기억이 없다
커피와 뜨거운 물
잘 저은 기억은 선명하다

시간 정거장을 거쳐 오다
가끔씩 황당하다
청력이 떨어져
언어 아닌 가끔 소음만 지나간다
아, 조상들이 지나간
그 징검다리
지금, 건너고 있구나

또 다른 곳으로 가는
정거장으로

이젠, 평화롭게 건너가고 있다

커피 마신 기억이 없어도

커피와 뜨거운 물

잘 저은 선명한 기억도

푸른 시간 건너

홍시처럼 익어가며

빈 커피 잔을 보고

어?

그래, 마셨구나

깜빡 정거장 지나

또 다른 정거장으로

이젠,

평화롭게 건너가고 있다

하늘 가는 이정표

세월이 다른 세월을 만났다
빠른 세월이다

마라강 건너는 누우 떼처럼
시간은 질주하고
분주한 소란은
거리에 쏟아져 나왔다

아휴, 힘들어
아냐 조금 더 가야 돼
아유, 숨차
더 빨리 가야 돼
허상을 실은 수레는
군상을 몰고 빠르게 달린다

지치다 쓰러지면 병원으로 실려 가고
링거 꼽고 쉬다가는
벌떡 일어나
또, 정신없이 달린다
다들 이력이 났다
거저 뛰고 보는 거다

쓰러질 때까지

한 발자국도 더 갈 수 없는
막 다른 순간,
달리는 세월을 잡고
물어본다
어디서 와서
어디로 가느냐고

황토 물살 시류는 분주하다
멈춰 서야 비로소 보이고
멀리 봐야 제대로 보이거늘
세월 준령 넘어온
자신을 못 알아보며,
저 이가 누구더라?

세월이 달리다가 다른 세월을 만났다
텅 빈 세월에,
하늘 가는 이정표는
잘 보고 가야 되지 않겠소

친구여, 함께 가자

그 세월처럼 함께 가자
친구여, 함께 가자

젊은 날 지나올 땐 그랬었네
노년은 전설 속
바다 건너 있는 시간인가,
아득히 멀리 있는 세월인가

눈멀고 귀 먼 세월 지나
그날도 우리 함께 가자

사람들이 왔다 가듯 그렇게 가는 건가
많은 사람이 모른다 하네
그 군중 무리들이
어디로 갔는지,
흔적만 산에 묻고 어디론가 갔다 하네

세상 바다 지나 하늘 구름 너머
어디론가 갔다 하네,
친구는 알고 있나?
그곳이 어디인지

무수한 사람들이 미처 알기도 전에
가는 곳도 모른 채
빠른 속도로 깊은 어디로 갔다 하네,

밝고 빛난 본향 가려면
어두움 벗고 죄악 벗고
높은 시간을
훌쩍 넘어가야 해

큰 위엄의 광채에
짙은 어두움이
뿌리째 뽑혀 번개에 쓸려가는
보혈을 지나가야 해

친구는 알고 있나?
그곳이 어디인지
사랑의 빛으로 가득한 밝고 빛난
본향을,
날 저물어 오라 하시면
열린 천국
문으로 들어갈 것을

그 세월처럼 함께 가자
내 친구여, 함께 가자

노인 징검다리

머리카락이 허옇게 희어지면
입 밖에 내기가 그렇던
그 건너편

햇볕 따스하게 내리는 해거름에는
바람처럼 한 번씩
그 건너편이
스치고 지나간다

붉은 노을처럼 노인은
대단한 시간을 지나고 있다
타는 정열의
시간을
지나가고 있다

생경스러운 징검다리에
새삼, 오랜 친구들
해묵은 웃음 소리가
어릴 적 합창처럼 아름답다

큰 빛

바람 잠잠한 날에도
여전히
하늘이 푸릅니다

허무한 것을 주목하여
미련한 것에 얽혔으니
세월은
입을 가릴지라

보금자리로 날아가는 것 같이
날아오는 자들이
누구냐,

암탉이 병아리 품듯
부르시니,
기이한 빛이시라

잠잠한 날에도
하늘 푸른
창을 열고
아직도 기다립니다

아뿔싸

친구는 어느 날 먼 길을 떠났다
청룡열차 타고
빛의 근원 찾기 위해
멀고도 먼 길을 떠났다

먼 길 돌아올 때 늦은 세월 백발,
궁극으로 가는 시작을
찾지 못하고,
늦은 노을 바람 불 때
그는 모르는 시간을 다녀왔다

젊은 열정은 애드벌룬 휘날리고
세상 향해 급행으로 달리는
청룡열차에서
어쩌다 내려오지 못했다

친구, 근원적
물음은 아직도 유효한가,
대체 인생은
어디서 와서 어디로 가는 것일까

홀연히 정신 드는 날
붉은
노을 펄럭이고,
청룡열차는 멈추었다

아뿔싸, 너무 늦게 알았네
태초에 하나님이
인생을 창조하시니라

하무

I.

나룻배 타고 건너오던 시퍼런 세월
동갑내기 어린 시절은
아득한 기억 속에만 남아있다

두 노인은 세월에 숙성되어
짐짓 무덤덤하게 세월이 간다,
어제처럼,
오늘도 무덤덤하다

II.

두 노인 이야기
어느 날, 황당하다,
나이 먹은 게 아쉬워
황당하다

친구, 오늘도 잘 있재?
하무
근데, 진짜 천국은 있는 거?
하무

Ⅲ.

홍시처럼 늦은 계절에

푸른 바람이 불어오면

철썩철썩

어두움을 씻어낸 빛이

아침 햇살처럼

파도치며 불어온다

Ⅳ.

태초에 빛의 근원이 있었으니

그 빛은

사랑이시라

노인은 아름다운 이름이다

ⓒ 지진태, 2023

초판 1쇄 발행 2023년 6월 28일

지은이   지진태
펴낸이   이기봉
편집   좋은땅 편집팀
펴낸곳   도서출판 좋은땅
주소   서울특별시 마포구 양화로12길 26 지월드빌딩 (서교동 395-7)
전화   02)374-8616~7
팩스   02)374-8614
이메일   gworldbook@naver.com
홈페이지   www.g-world.co.kr

ISBN   979-11-388-2052-3 (03810)